句集

止まり木《とまりぎ》

伊藤汀人

ウエップ

句集　止まり木／目次

句集

止まり木

とまりぎ

装丁・近野裕一

第一章　木の家

（平成十二年〜十七年）

七十二句

平成十二年度ＮＨＫ全国俳句大会において坪内稔典先生の特選、併せて生涯学習賞を頂きＮＨＫホールの壇上に於いて両賞を受賞した。しかしその後毎年応募しているが、一向に御呼びがかからない。しかし、継続は力、今後共に挑戦してゆく所存である。

犇きて流氷海を眠らしむ
春の野を片目でつなぐ測量士

風を漕ぐ子等ふらここになり切つて

囀や正座崩さぬ骨董屋

妻今も八つ年下新茶汲む

迷ひ来し犬に名をつけ花は葉に

木の家を建てる木の音菊日和

戦災を秘めて良夜の隅田川

表札に俳号を添へ今朝の春

嘶きも都井の岬も霧の中

ひとつ夜を月下美人の香と寝ねし

堂涼し一拍龍を目覚めしむ

花野原氷河踏みきし靴を脱ぐ

行く夏や佐渡の大太鼓《おんでこ》闇を打つ

秋冷の湖や声なく巡視艇

雨あとの日の斑にまぎれ秋の蝶

網棚の松茸匂ふ夜行バス

しぐるるや今は灯さぬ常夜灯

セーターの赤を着てみし妻の留守

霜月や飾り物めく棚の辞書

毛皮脱ぎ普段の妻に戻りけり

笹鳴や母の遺品に父のもの

浮子つつと走るや遠く雪崩音

耳打ちをして去りゆけり雪女

初桜遠くへ行けぬ母と来て

観音の百体を野に夕霞

しばたたく驢馬の睫毛や秋深む

天井に龍を棲まはせ堂涼し

塵ひとつなき僧房や今朝の冬

初髪の鈴の音龍を目覚めしむ

花散るや猿が檻より手を伸ばす

戦なき空澄み切つて赤とんぼ

眼の合ひしゴリラに御慶述べにけり

懐にワインを醸し山眠る

声掛けしばかりに雪を掻く羽目に

一点を見据ゑ羽搏く檻の鷲

画用紙をはみ出す象や木の芽風

老人のじつと見てゐる花吹雪

父と子の三角野球風光る

風を呼び噴水月を濡らしけり

接岸のフェリー口開く炎暑かな

甚平を着慣れて遠し都心の灯

安らぎの吐息か落葉ふと動く

おでん酒論客いつか眠りをり

日も風も拒み酒蔵冬に入る

薬草園毒も薬も枯れにけり

くろがねの軍馬嘶く寒月夜

煮凝りや余生おだやかなりし母

燗酒や果つるともなき机上論

しののめや蟻の足音聞こえさう

手をそつと上げしが別れ天の川

とんぼ飛ぶスクランブルの交叉点

路地に啼く子猫にはやも野良の性
安達太良の空の青さやななかまど

梅ほころぶ飛び火のやうに二三輪

ネクタイを外せば遊子花に酌む

喪服脱ぎ故山の花を仰ぎけり

母上に始まる遺書や花吹雪

巣作りの鴉ハンガー落としけり

紙風船たためば吐息洩らしけり

街の灯をはるか眼下に冷し酒

神宿る島に残んの懸り藤

万緑や一の鳥居に菊の紋

百畳に鷹の一幅坊涼し

柳絮とぶ帰らぬ風に身を委ね
音もなく潮の満ちくる池涼し

虹立つや留守なる妻を呼んでをり

三猿の三つの顔や木の実落つ

灯ともるや里に下り来し山の冷

神前の雪を踏みしめ四世代

残雪や俗世隔つる光堂

蒼く澄むアイヌコタンの軒氷柱

第二章　一滴抄

（平成十八年〜二十一年）　六十四句

気の合った人達と、鍛練会、吟遊会など然るべき名をつけて各地を尋ね歩いた。敢て逆選句を抽出し議論し合ったりもした。近郊の駅のホームで、時には駅前にベンチを寄せ合って即席の句会を開いた。お互い一途に俳句が好きだった。

快心の一打は谿へ花吹雪

何語るともなく妻と春の雪

筍を剝くやこぼるる父祖の土

灯涼し十字架秘むる如来像

一人酌む踏絵見し夜の冷し酒

梅雨寒や上目遣ひのブルドッグ

見上ぐれば見下してをり雲の峰

川の字の大きく崩れ昼寝覚

邯鄲の音色に夜を惜しみけり

五稜郭跡の学舎銀杏散る

残る鴨思案の首を廻しをり

膝を打ち手を打ち夜のビヤホール

涼しさや書院に花の崩し文字

湯上りの肌に風鈴鳴りにけり

稲は穂に棚田離るる水の音

採石を運びし山路一葉散る

渓流を跨ぐ湯宿や紅葉晴

天高し猿が石もて絵を描く

番号で呼ばるる患者冬うらら

囲炉裏火や籤《ひご》を踊らせ籠を編む

朝寒し口を大きくかきくけこ

雪しんしん磴上りくる巫女の鈴

家具一つ動かせば春来りけり

笹鳴や売値示さぬ伊万里焼

叱られて犬畏まる梅日和

山彦の二度寝を誘ふ春の雪

春風や一滴抄は心の書

一滴抄とは松本陽平著「初心山河」のまとめの章のこと

三尺の鯉の反転桜散る

菜の花や墓誌に三月十日の字

終バスの尾灯見送る花吹雪

五湖なべて正面に富士風涼し

脱がせたき犀の鎧や若葉風

早や人に馴染み餌を欲る雀の子

谿谷に根を張る巌や青嵐

酒供ふ父に父の日なかりけり

立枯れの木々の声かも青葉木菟

賞味期限無きが人生古酒に酔ふ

赤とんぼ指鉄砲に撃たれけり

秋暮るる詩集の頁閉づるがに
突き抜ける空の蒼さや銀杏散る

枯蓮音まで枯れてしまひけり

書き込みの多き暦や年暮るる

秒針のかちり今年となりにけり

看護婦のひと言春の遠からじ

見頃とも散り初めしとも梅真白

春風や草食む山羊の翁顔

公園は子らの学舎風光る

切り岸に根を張る松や雉子鳴く

花を掃き朝の始まるカフェテラス

生真面目てふ衣脱ぎゆく花の宴

滝に立つ胸の虚しさ捨つるべく
あめつちの漲る青さ夏は来ぬ

紫は真砂女の色ぞ鉄線花

校舎より静かな笑ひ銀杏散る

句読点なき古文書や秋深し

秋晴やカヌー反転岩を縫ふ

どの家も車庫は空つぽ秋日和

鳰しぶきも見せず潜りけり

日溜りの風は眠りて冬の蝶

窓を開け今年の風を入れにけり

雪しんしん大浴場を一人占め

沈黙は男の美学寒牡丹

老いてこそ初心燃やさむ寒椿

雪富士の真上に今し大落暉

第三章　酔　余

（平成二十二年〜二十三年）　六十六句

「燎あけぼの会」が発足、直ちに入会した。国営昭和記念公園を定点とする吟行句会である。提出句は何時しか十句になっていた。一方、勉強会では俳句技法入門を勉強し、まとめとして各自項目を分担し小冊子を作った。八ヶ岳の山荘に二泊し、三日間の俳句三昧を楽しんだ。蛍狩りや、諏訪湖畔、城ヶ島などの吟行にも出かけた。

俳諧の鬼は追ふまじ鬼は外

梅かをる表も裏もなき日和

新しき砂を砂場へ春近し

出棺を見送る肩へ春の雪

時折は春を覗かせ雲動く

地球ごと攫ふつもりか空つ風

惚け封じの大きな幟梅かをる

桜咲く三角駅舎消えし町

蝌蚪泳ぐ中に晩生の二三匹

春風や園に七つの出入口

日の差す日差さぬ日桜散りゆけり

菜の花と睦む蔵王の余り風

万緑や天へ峙つ出世城

山荘のフランス料理月涼し

立身も出世も昔水を打つ

野を行くや影まで汗を掻きさうな

清冽な谿の流れやほととぎす

炎天下ポストに手足なかりけり

噴水のすとんと落ちて暮れにけり

屏風絵の龍の眼光秋気澄む

かなかなや部屋吹き抜くる海の風

百歳を目指しし母の墓洗ふ

霧深しあれが絵島の流刑小屋

緑蔭に己の影と憩ひけり

起き伏しの部屋を片づけ月見酒

割箸をぱきつと割つて走り蕎麦

月清し酔余の一句奉る

酔ふほどに星の増えゆく枯木宿

夕映えや線画のごとき枯木立

外風呂てふ暮しありけり年酒酌む

平らかな湖を平らに浮寝島

樹の陰の冬は動かず空真青

冬うらら両手で隠す大欠伸

鶯や径より低き御師の家

早春の日差しついばむ籠の鳥

野をつつむ風は揺り籠梅真白

余震とは思へぬ揺れや戻り寒

三文の得とは言へど春眠し

春や春瞼くつつきさうな昼

城壁のゆたかな反りや夏燕

束の間の八十余年古酒を酌む

苦も楽も共に分け合ひ豆御飯

天の錆拭ひて散りぬ朴の花

日の盛り十段の剣面を撃つ

月を浴びいよよ気高し白牡丹

法に触るることかも落し文を読む

雨上りひたすら走る兵の蟻

短きも長きも天寿月清し

夏怒濤砕けて月を濡らしけり

涼しげな句を風鈴に吊しけり

峰雲の崩れ昏れゆく城ヶ島

千仭の谷やとどろく滝の音

繰り言を聞きつつ崩す冷奴

水を打ち夕べの風を待ちにけり

名ばかりとなりし故郷蚊遣焚く

晩年か余生か茅の輪くぐりけり

浮雲は寝釈迦の化身秋気澄む

笑栗や子は再びの反抗期

音ひとつ無き深秋の裁判所

子を叱る嫁を目で褒め日向ぼこ

冬うらら喉の奥まで大欠伸

柏手を打つや山茶花ほろと散る

十字架のごとし月夜の枯蓮

史を渋く語る古老や榾爆ぜる

月を浴びやさしく育つ軒氷柱

柳枯れ振り向く風のなかりけり

第四章　放課後

（平成二十四年～二十五年）

百六句

俳句を離れ、一日中ひたすら歩かされた課外授業もあった。多摩の野や山を歩き、それがやがて多摩川源流を探る旅へと変わっていった。何も考えずひたすら前へ向かって歩いた。先頭から大きく離されているとも知らず。しかし、この歩く会の御蔭で川崎大師や拝島大師に詣でることが出来た。奥多摩温泉の桧風呂に浸ることも。

百薬の長を一盞初詣

入院てふ小さな旅や冬うらら

焼藷を割るやあの日の焚火の香

大衆の声かも猛る冬の鵙

雪積もる酒酌むほどに酔ふ程に

ねぎらひの一言背に根深汁

雪降るや首都を狂はす四糎

探梅や一人を降ろす一輌車

稿成らずいつしか春を眠りをり

地図を手に方向音痴梅探る

幟のみ目立つ名所や梅一分

白梅や何も語らぬ忠魂碑

駒返る草や時折り風荒ぶ

公園の出口入口春めけり

待つや久し花一輪に人集ふ

泳法のいまだ決まらず蝌蚪に脚

襟元をゆるめ湖畔の夕桜

歩道まで拡げる花屋春は来ぬ

花の塵とは言へいまだ紅灰か

公園の広さ静けさ鳥交る

春風や朱鷺に二世の生まれしと

明け初むる水平線や夏燕

継ぎ接ぎの暮しありけり新茶汲む

いとけなき太子の像や若葉風

岩を撃つ怒濤眼下に心太

万緑やダムの吐き出す地の叫び

炎昼や黒は鴉の一張羅

遠き日の故なく浮かむ夜の秋

この先は神の領域森涼し

江戸風鈴疲れて風を離しけり

裏返る波の高さやラムネ飲む

普請場の鉄を切る音風灼くる

天を舞ひ噴水突如畏まる

天気図は明日も火の色夏盛る

底無しの雨や秋暑を押し流す
灯りしは職員室かちちちろ鳴く

潮入りの静けき音や月に雲

来し方を問はず語りに温め酒

身の程の自適の暮し古酒に酔ふ

口数の減りし少年蜜柑むく

吊橋を渡るに思案木の実落つ

清貧てふ美しき言の葉露光る

日暮るるや木の実の滑るすべり台

背を丸め白きをまとひ山眠る

縄暖簾くぐれば昭和牡蠣すする

百歳に声を掛けられ日向ぼこ

渓谷の冬日を攫ひ風走る

摩周湖の深き蒼さや雪晴るる

石を彫る音や寺苑の梅かをる

手を上げて手術室へと春の旅

漆黒の日蓮像や風光る

切株の年輪に雨あたたかし

咲き初めし花に人声鳥の声

梅が香や家紋ほつれし陣羽織

風となりし母と連れ立ち初桜

目覚しの音を眠らせ春眠し

のどけしや水車小屋より杵の音

抽出しの奥に算盤春しぐれ

天を舞ひ花びら土に還りけり
家ありてこその旅路ぞ波うらら

チューリップ顎をはづして笑ひをり

過ぎし日を何も語らず花は葉に

レコードも卓袱台も消え昭和の日

春愁や辞書より消えし戀の文字

洞窟を出るやこの世の若葉風

脚生れて乱れ始めし蝌蚪の陣

蠅帳も蠅取り紙も消えて夏

世に残すもののなき暮し蚊遣り焚く

来し方の転機いくたび蚊遣り焚く

添書に手ぶらで来いと夏見舞

晩年の今が旬かも瓜冷やす

日盛りや二分の道を遠しとも

放課後に似たる余生や星涼し

洞窟の太古の眠り泉湧く

南溟に消えし友あり星月夜

祭果て闇の深きへ笛を吹く

聴く耳を持つ齢となり温め酒

涼しさや木の葉をつつと雨雫

有り余る風や湖畔の夏座敷

夏雲や今なほ耳朶に機銃音

ラムネ飲む瓶のくぼみを回しつつ
夜の風鈴退屈さうに鳴りにけり

音のなき雨に目覚めし熱帯夜

二の腕の種痘の痕や虫しぐれ

自分史を雲間に描き夕端居

苦瓜の朝のみどりを刻みけり

秋晴や浜に干さるる潜水具

木道の粗き継目や木の実落つ

言ふべきか言はざるべきか蜜柑むく

赤紙を知らず永らへ今日の月

秋高し天界天を開け放つ

肩肘を張らず生きなむ月今宵

億年の空の蒼さや木の実落つ
団栗の眠り呆けて落ちにけり

コスモスや墓石の裏に己の名

あらかたを昭和と過ごし温め酒

粗壁に家訓五ヶ条炉火燃ゆる

回忌とは故人の齢菊かをる

学ばねば老ゆるは早し実南天

隠居とはこんなものかも日向ぼこ

平均寿命超えていくとせ蜜柑むく

木枯やカレーの匂ふ夕厨

身綺麗に老いてゆきたや実千両

振り返り見ても茫々枯野原

猛禽の檻吹き抜ける雪解風

風呂吹や聞くも詮なし結果論

第五章　止まり木

（平成二十六年～）

七十六句

還暦を迎えた頃から誘われて海外旅行に出かけた。聳え立つ古城を眺めながらセーヌ川を下った。全面雪に覆われた本物のアルプス山脈を眼に収めた。氷河に立って足許の水の流れを聴いた。城壁に囲まれた町の中の暮しを見た。四千メートル級の山頂で燦めくダイヤモンドダストに眼を奪われた。などなど句材は豊富にあったが詠んだ句はほとんど無い。力が無かったのだ。

世間話のやうな問診日脚伸ぶ

芽柳や波郷の眠る深大寺

梅ほころび風は草書に変はりけり

静けしや青磁の壺に梅一枝

駒返る草や意を決め入院す

花吹雪くなか粛々と霊柩車

たんぽぽの丈を忘れて咲きにけり

入院てふ番外の変月おぼろ

白寿への旅の止まり木日向ぼこ

花散り込む窟の深きに観世音

湧水の音や軽鳧の子よく泳ぐ

真青なる空や神さぶ樹氷林

餅を焼く布袋の腹のやうに焼く

崩るるも王女の気品寒牡丹

サハリンとは樺太のこと月冴ゆる

胸ぬちの燠絶やすまじ去年今年

どんど焼焔は風となりにけり

つと振り向き逃げ脚試す蜥蜴の子

春風や胸にきりりと社員章

幾千の銘酒眠らせ蔵涼し

序列なき余生の暮し新茶汲む

何とはなしに老いて候冷し酒

年古るも今なほ初学蚊遣り焚く

自転車に子を乗せ母のサングラス

あな煩さ先程打つた箸の蠅
息をかけ鳴らぬ風鈴鳴らしけり

水軍の潜みし窟や夏怒濤

涼しさや湾を縁取る波しぶき

道草のごと緑蔭に憩ひけり

露光る日清日露戦士の碑

月涼し母となる子と共に住む

かなかなや武田戦勝祈願の書

霧流れ湖に小島の生まれけり

訥々と秘話語らるる終戦日

九条のありて今あり終戦日

遠き日のズボンの寝押し虫しぐれ

籠の虫今年の声をはじめけり

玉砕てふ悲史のありけり終戦日

秋を踏む甲斐と信濃の国境
盃を九谷に替へて温め酒

世に疎く生きるも愉し実南天

行合の夜の静けさ虫すだく

靖国に合祀の御霊月清し

庭園を統ぶる女松や秋しぐれ

風は雨に変はり深まる野路の秋

何事も先手必勝秋高し

秋深し昭和は語る世となりぬ

案山子かと見しは園丁稲を刈る

法事終へ釣瓶落しを帰りけり

逃ぐる風追ふ風秋は深まりぬ

盗み心を誘ふ枝振り柿熟るる

自意識も酒も控へ目秋うらら

庭園の深き閑けさ添水鳴る

甲冑の眼炯炯炉火燃ゆる

父と子の意地の張り合ひ山眠る

享年は何時か来るもの日向ぼこ

雨ひと夜ふゆは冬へと変はりけり

落葉積む古井の粗き簀子蓋

欠伸して欠伸移されうらら

手の届く処に米寿松飾る

来し方に時計を戻し日向ぼこ

陋屋のやうな社や笹子鳴く

推敲の一語一音月冴ゆる

夕映えの近江の海や寒蜆

髪を染め妻帰り来し小正月

軍手と言ふ不思議な名前雪を掻く

豆を食み口には出さず福は内

毀さるる家にも歴史梅かをる

留守勝ちの家の灯りぬ黄水仙

墓碑銘に義賊七兵衛梅かをる

悔なしとは言へぬ来し方草萌ゆる

語り部の減りゆく昭和雁帰る

電池切れのごと眠りゐし春の昼

鬨の声上ぐる武者絵や梅かをる

鶯や墓地見はるかす休憩所

春寒し地下の深きに始発駅

あとがき

平成七年七月ＮＨＫ学園俳句教室に入門、暫く過ぎた頃、講師山﨑千枝子先生の提唱により夫々が俳号を名乗ることとなった。その時、自ら命名したのが「汀人」。当時、投句していた俳句朝日で特選に採って頂いたことのある稲畑汀子、廣瀬直人両先生の夫々一字を借用したもので、平成八年七月のことである。

思えば俳句に手を染めたのは二十代のこと。勤務していた富士銀行の本部課長の職務命令によるものであり、指導者は「若葉」の高弟上林白草居先生であった。三年ほどご指導を頂いたが、転勤により消滅。爾来、約四十年俳句とは縁無く過ごしてきた。

ところが、定年六十歳を前にした頃、あれこれ模索した挙句、老後の趣味として俳句を選択、ＮＨＫ学園の通信教育を受け始めた。入門から友の会まで一通り受講し、その後、ＮＨＫ学園俳句木曜教室に入門した。講師の山﨑千枝子先生が燎の代表であることも、俳句界のことも全く知らなかった。その後、いくつかの曲折があり

「燎」に入会した。平成十一年三月のことである。入会するや俳句教室、勉強会、本部句会などのお世話になった。平成十七年にはからずも燎大賞を受賞した。かくして現在燎大賞事務局のほか運営委員、燎の新樹会、こぶし会の指導役を担当させて頂いている。その他、燎勉強会の支部長、俳句普及会委員も経験させて頂いた。而して今回の句集出版、何やら目に見えないものに導かれているようである。

今回の句集出版に当たっては、「燎」山﨑千枝子代表より肌理細かくご助力を頂き、燎編集長柳下惇夫氏に表記上の丁寧なご指導を頂いた。茲に厚く御礼申し上げます。

平成二十七年七月

伊藤汀人

著者略歴

伊藤汀人（いとう・ていじん）

本名・賢弘（よしひろ）

昭和４年（1929）東京都に生まれる
平成５年（1993）富士銀行定年退職
平成７年（1995）ＮＨＫ学園俳句教室入門
平成11年（1999）燎入会
平成12年（2000）ＮＨＫ全国俳句大会に於いて特選賞及び生涯学習賞受賞
平成17年（2005）燎大賞受賞
北斗集同人
平成18年（2006）俳人協会会員

現住所＝〒190-0021　立川市羽衣町２－12－30

句集　止まり木
2015年８月15日　第１刷発行
著　者　伊藤汀人
発行者　池田友之
発行所　株式会社　ウエップ
〒160-0022　東京都新宿区新宿1-24-1-909
電話　03-5368-1870　郵便振替　00140-7-544128
印　刷　モリモト印刷株式会社

※定価はカバーに表示してあります　ISBN978-4-86608-000-0